AF312961

# AUX

# JEUNES POÈTES

## DE L'ÉPOQUE.

PAR

## J. ARAGO.

**Paris.**

IMPRIMERIE DE J. TASTU,

RUE DE VAUGIRARD, N° 36.

**1824.**

# PRÉFACE.

Les Muses n'ont pas d'opinion; si elles en avaient une, elle serait libérale

Pour moi, je laisse à deviner à qui voudra le savoir quelle est la mienne; mais, à coup sûr, on ne le verra pas dans le jugement que je porte sur tel ou tel auteur.

Peut-être quelques-uns de ceux dont je parle dans mon Dithyrambe, se plaindront de ce que je les ai loués avec trop de mesure, tandis que ceux dont je ne dis rien crieront à l'injustice.

Quant aux premiers, je ne leur dois aucune explication; j'ai écrit ce que je pensais d'eux. Pour les autres, comme j'ai l'humeur très-pacifique, je leur propose une de ces versions : ou j'ai eu trop de paresse pour parler de leurs talens, ou je ne me suis pas cru digne de les chanter; ou bien encore, leur mérite personnel les place au-dessus de mes éloges. Ainsi, la paix signée entre eux et moi, je leur livre mes vers, et je ne répondrai à leurs critiques que par mon silence, ou en m'efforçant de faire mieux.

Il est des réputations tellement bien établies, que

je n'ai pas cru devoir parler de ceux qui les ont acquises. Aurais-je oublié le bon Andrieux, dont la gloire littéraire repose sur de si beaux titres ? Lemercier, dont le puissant génie perce même dans les productions les moins remarquables ? Raynouard, dont les Muses déplorent le silence ? Jouy, Arnault, Etienne, si féconds, si dignes de servir de modèle à nos jeunes auteurs ? N'aurais-je point placé sur la première ligne Delrieu, dont les échos de nos théâtres ont si souvent répété les beaux vers, et qui s'est déjà préparé de nouvelles couronnes ? Et Baour-Lormian, dont la versification, élégante et harmonieuse, nous ramène à la bonne école ? N'aurais-je pas, surtout, rappelé aux jeunes nourrissons du Pinde, la riche poésie de ce noble pair, toujours passionné pour les Muses, et qui protège d'une manière si généreuse ceux qui les cultivent ? On a deviné l'élégant traducteur d'Horace.

Si j'avais voulu encourager la plume d'une foule de jeunes poëtes, arrêtés dès les premiers pas par les ciseaux de la censure ou les comités des théâtres, aurais-je oublié Fontan, dont le vol pindarique s'est élevé si haut dans *le Pêcheur, le Poëte athée, l'Aigle et le Proscrit?*

J'ai mieux aimé être court que de signaler des abus, et je ne crois pas ma plume taillée pour la critique. Je ne sais pas voir des travers.

On pense bien que je n'ai pas eu la prétention de classer les poëtes d'après leur mérite : si je l'avais fait, je sais quelle place occuperait Béranger.

Les noms des Dufrenoy, des Débordes-Valmore, des Vannoz, des Salm, sont depuis long-temps consacrés par la gloire; je n'en parle pas.

Ceux des Massas, des Ulric–Guttinguer, des Chauvet, sont aussi chers aux Muses; je les ai connus trop tard.

Certes MM. Fabre, Lebrun, Ancelot, Latouche, Émile Deschamps, etc., avaient des droits à un long article; mais ma Muse a été trop paresseuse; elle seule est coupable.

AUX

# JEUNES POETES

## DE L'ÉPOQUE.

« Tais-toi, jeune insensé ; ne touche point la lyre ;
   » Suspens ce vol audacieux ;
  » Et, comme Icare en son fatal délire,
   » Crains de tomber du haut des cieux.
» Tu prétends, je le sais, au titre de poëte,
» Et le nom de Corneille a fait battre ton cœur ;
» Mais pour que d'un laurier je couronne ta tête,
» Il faut me présenter quelques marques d'honneur.
» Tu n'as rien, tais-toi donc. » Une voix immortelle
Humiliait ainsi l'orgueil de mes pinceaux.
Abattu, je sentais s'éteindre un si beau zèle,
Et je cédais la palme à mes heureux rivaux.
Tout-à-coup je me dis : Pourquoi donc ce silence ?
  Dois-je déjà retourner sur mes pas ?
  Le fils des preux, sans briser une lance,
  S'échappe-t-il du milieu des combats ?
Non, non, je veux lutter ; l'oubli seul est à craindre.
Muse, je ne suis plus docile à ta leçon,

Et peut-être sans toi mes pas sauront atteindre
Le sommet hérissé du sublime Hélicon.
« — Eh bien ! puisqu'à ma voix tu te montres rebelle,
» Puisque tu veux encore essayer l'art des vers,
» Ecoute mes conseils, me répond l'immortelle,
» Et je te sauverai la honte d'un revers.
» Chante ceux que déjà couronne la victoire ;
» Leurs succès mille fois ont réjoui ton cœur ;
       » C'est conquérir un peu de gloire
       » Que de célébrer son vainqueur ;
» Le veux-tu ? — J'y consens. — Interroge ta veine ;
» Je vole vers mes sœurs, et nous saurons après
» Si j'ornerai ton luth d'une branche de chêne,
» Ou si je le ceindrai d'un rameau de cyprès. »

Elle dit ; d'un regard animant mon courage,
Elle va s'enivrer d'un poétique encens,
Et, docile à ses vœux, j'offre mon humble hommage
A ceux qu'elle échauffa de ses nobles accens.

Toi que fêtent si bien Melpomène et Thalie,
C'est ton nom le premier qui s'offre à mon regard,
Toi, célèbre dans l'art de l'auteur d'Athalie,
Mais plus célèbre encor dans celui de Regnard ;
C'est à toi, Casimir, que s'adressent ces rimes.
Dans l'âge où l'homme à peine ose essayer des vers,
Les tiens, nobles et doux, éloquens et sublimes,
Comme un torrent fougueux parcourent l'univers.
Tel l'oiseau du tonnerre a franchi les espaces
Que parcourt la colombe en un timide essor ;
Ou tel Achille enfant a devancé les traces
       De l'antique Nestor.

Ainsi du Dieu des flots les coursiers intrépides ,
Quand Homère à ses pas égale leur élan ,
Franchissent en trois bonds les royaumes humides
        De l'immense Océan.

J'aime à te voir surtout , appelant la victoire
Infidèle un moment à nos guerriers soumis ,
Ressusciter pour eux les beaux jours de leur gloire ,
Et faire dans nos murs pâlir nos ennemis.
Que les sons généreux de ta harpe sonore
Flétrissent les tyrans , protégent le malheur ;
Qu'ils vibrent , radieux , aux rives du Bosphore :
Un beau vers peut souvent enfanter un vainqueur.

    Le vois-tu, glorieux, ce moderne Thyrtée
Qui loin de ses foyers a dirigé ses pas ?
    A son aspect Bysance épouvantée
        Recule l'heure des combats.
Ils ne pleureront plus leur liberté ravie ,
Ces Grecs , riches déjà de si nobles lauriers.
On ne les verra plus chercher une patrie ;
Aux accens d'un beau luth vont naître des guerriers
Et tandis que ton bras armé du cimeterre ,
Byron, aux musulmans arrachera des pleurs,
Sur les fils du vrai Dieu tombés dans la poussière
        Tu répandras des fleurs.....

    Quel bruit, Grand Dieu ! le bronze tonne !
    Pour qui ces voiles , ce cercueil ?
    Grecs ! l'heure du combat résonne ,
    Et vous prenez vos longs habits de deuil !
Aux armes ! — Etranger , regarde cette pierre ;
C'est l'asile sacré d'un barde généreux.

Comme nous vers le ciel fais monter ta prière,
Le ciel n'est jamais sourd au cri du malheureux.
    Approche et lis. — Byron ! — Vois-tu nos larmes ?
Entends-tu le fracas des glaives inhumains ?
Conçois-tu maintenant nos craintes, nos alarmes ?
Vois-tu forger les fers qui vont charger nos mains ?
—Amis, à vos malheurs l'étranger s'intéresse ;
Mais c'est du glaive seul que dépend votre sort.
Levez, levez vos fronts, fils de l'antique Grèce,
Et puisqu'il faut choisir ou la honte ou la mort,
    Incendiez vos moissons et vos villes ;
Contre des citoyens que peuvent des soldats ?
    Souvenez-vous des Thermopyles,
Et Byron vous convie au funèbre repas.


Grèce, bientôt ta paix ne sera plus troublée,
    Et grâce à tes heureux exploits,
Tu couvriras d'opprobre et l'Asie ébranlée,
    Et le front de vingt rois.


    Mais n'entends-je pas une lyre ?
    D'où partent ces divins concerts ?
    Silence ! BÉRANGER soupire :
Dieu ! que vois-je ! il est dans les fers.


    Il chante sa noble patrie,
    Et ses lauriers et ses malheurs,
    Et les amours et la folie :
Il chante la folie, et je verse des pleurs !


    Quel charme heureux il sait répandre
    Sur les sujets les plus badins !

Ah ! qui peut se lasser d'entendre
Ses joyeux et légers refrains !
C'est le papillon qui voltige ,
S'échappe et disparaît aux yeux.
Mais bientôt , étonnant prodige !
C'est l'aigle altier qui plane dans les cieux.
Va, laisse reposer et ta lyre et ta gloire ;
Quelques cordes rendraient un son trop douloureux.
Le chagrin a de la mémoire ;
Chante moins et sois plus heureux.
Sur le sacré vallon , à côté de Pindare ,
Le dieu du goût te garde une place d'honneur ;
De tes jours affaiblis sois un peu plus avare ;
Lebrun trouve un rival et Chaulieu son vainqueur.


Tel qu'un vaste torrent qui fait mugir son onde
Sur d'immenses déserts ,
Ou tel que ces autans qui fatiguent le monde
De leurs bruyans concerts.
Tel s'avance un poëte imposant et sublime ;
Il médite ; aussitôt son éloquente voix
Dans son antre poursuit le crime,
Et sur la pourpre atteint les rois.


Sur ce rocher aride et solitaire ,
Où, vaincu, s'éteignit un illustre vainqueur,
S'il nous peint le grand homme à son heure dernière
Tombant sous le poids du malheur,
Les accens de sa voix sonore
Ont retenti plus fort que les flots mugissans ;
Mais l'aigle est au cercueil...... C'était un aigle encore
Qui devait nous tracer ces lugubres instans.

Écoute cependant : aux voutes éternelles,
  Où, tranquille, on te voit errer
  Fier de la force de tes ailes,
Tu ne songes jamais que tu peux t'égarer.
Riche des palmes d'or dout tu parais avide ,
Ne t'abandonne plus à ton bizarre élan,
Et , nouveau Phaëton, de ta chute rapide ,
Crains de troubler les flots d'un nouvel Éridan.
Ton Pégase lancé ne connaît point d'obstacle ;
  Tu lui souris de le voir indompté ;
Mais Boileau te l'a dit , écoute notre oracle :
Il n'est point de mérite où n'est point la clarté.


Ah ! si des nobles sœurs qui charment ta jeunessse
  Je recevais comme toi les faveurs ,
On ne me verrait point briguer de leur tendresse
        Ou l'or ou les grandeurs.
  Mais, inspiré par de nobles modèles ,
Je monterais mon luth sur des tons glorieux ,
  Je chanterais les héros et les belles ,
Et cette liberté, fille auguste des dieux.
Je chanterais aussi la vertu sur le trône ,
  Cette vertu digne de nos autels ;
    Mes mains tresseraient sa couronne ,
Et comme elle mes vers brilleraient immortels.
Tu ne l'ignore pas , LAMARTINE, un poëte
Est libre , indépendant , insensible aux revers :
A quoi lui servirait une lyre muette ?
    Il doit chanter chargé de fers.
Ovide par son luth charmait son esclavage ,
  Gilbert ivre de gloire a mendié son pain ,

Camoëns burinait son immortel ouvrage
    Dans un climat lointain.

Dans le temple sacré des Filles de Mémoire,
Ainsi qu'au champ d'honneur où meurent les guerriers,
Il ne peut exister qu'une sorte de gloire,
Et des lauriers flétris ne sont plus des lauriers.
ALPHONSE, c'est à toi que la France en appelle;
Poussera-t-elle encor des soupirs superflus ?
    Songes-y bien, tu n'as rien fait pour elle :
Donne-lui, tu le peux, un grand homme de plus.

        Mais quelle sombre mélodie !
A qui sont destinés tous ces débris épars ?
        Un tendre luth, une harpe fleurie,
            Un fier clairon et des poignards ?
Quelle main téméraire ose toucher encore
            Ces poétiques instrumens ?
Qui chante le beau ciel illustré par Isaure ?
        Qui nous émeut par de tristes accens ?
Quoi ! n'est-ce pas assez que la douce élégie,
SOUMET, d'un lys d'argent couronne tes efforts :
Tu prétends aujourd'hui de notre tragédie
            Essayer les sombres accords !
Tremble que, pour punir ton audace insensée,
Apollon contre toi n'arme les doctes sœurs;
        Il doit avoir l'ame blessée
De te voir à la fois briguer trop de faveurs.

Tu veux toucher, dis-tu, la lyre de Corneille;
Eh bien ! soit, et je vole où t'attend un revers.....
        Mais qu'entends-je ! O merveille !
        On couronne tes vers !

« Soumet, à Talma seul s'adresse cet hommage,
» Pourquoi t'énorgueillir d'un succès passager ?
» Privé de ce secours un sinistre naufrage
» De ta présomption eût pu te corriger. »
C'est ainsi que parlait une critique amère
Qui tentait vainement de te cacher ses pleurs,
    Lorsque rival ou vainqueur de Voltaire
    Tu nous peignais de tragiques fureurs ;
Quelques heures plus tard, sous de nouveaux portiques
    Sans le secours du Roscius français,
Du terrible Saül les accens prophétiques
    Te valaient un plus beau succès.

Poursuis, Soumet, couronne ton ouvrage,
    Je t'accompagne de mes vœux ;
Mais déjà vingt rivaux appellent ton courage ;
Accepte leur défi, montre-toi digne d'eux.

A tes côtés surtout vois-tu ce fier athlète ?
    Reconnais-tu son éloquente voix ?
Deux superbes lauriers ornent sa jeune tête,
Et deux fois dans la lice, il a vaincu deux fois.
D'un père, comme lui chéri de Melpomène,
    Il reçut les doctes leçons ;
    Combien de fois sur notre scène
    A retenti le bruit de leurs clairons !
Ils évoquent du sein de la superbe Rome
Les noms des Régulus et des Germanicus :
C'est au noble poëte à nous peindre un grand homme,
C'est au cœur vertueux à peindre les vertus.

Lucien cependant, dont la plume hardie
    A pénétré le secert de nos cœurs,

Sur le sol fortuné de la Lusitanie
    Appelle de nouveau nos pleurs.
Il nous peint la beauté qu'un noble amour moissonne,
Et son front vertueux, ombragé de cyprès ;
Vois nos larmes, poëte, et garde la couronne
    Que tu fais tomber sur Inès.

« Téméraire, dis-moi, d'où te vient cette audace ?
» Ne touche point à ces lauriers nouveaux ?
» Te serais-tu flatté de gravir le Parnasse
» Avec quelques quatrains et quelques madrigaux ?
» Qu'as-tu fait ? — J'ai tracé les malheurs de la Grèce.
» — Je m'en souviens. — J'ai chanté ses exploits :
» —Aux fils de Périclès Apollon s'intéresse ;
» A ses faveurs je reconnais tes droits.
» Quel titre encor ?—Mon luth guidé par la victoire,
» Sous les murs de Cadix a cherché nos guerriers ;
» J'ai redit les hauts faits des enfans de la gloire.
» — Je te dois un débris de leurs nobles lauriers.
» —Au temps où Rome à ses dieux fantastiques
» Immolait du vrai Dieu les courageux enfans,
» On vit plus d'une fois des chrétiens héroïques
» A Jupiter refuser son encens ;
» Sept frères vertueux, enflammés d'un saint zèle,
» Volèrent du supplice au sein de l'Éternel ;
» Leur mère les vit tous expirer devant elle ;
» Leur mère leur criait : *Mes fils ! voilà le Ciel !*
» J'ai peint de ces martyrs le généreux courage,
» Et les affreux tourmens qui leur ouvraient les cieux. »
— Tiens donc, sois satisfait de ton noble héritage ;
Apollon te gardait ce rameau glorieux (1).
J'aime ceux dont le luth de l'honneur tributaire,

Aux modestes vertus consacre ses accords.
J'humilie, indigné, l'écrivain mercenaire
   Qui réservant l'outrage aux morts
Sur les grands de ce jour, jette un encens perfide
Et fait servilement le métier de flatteur.


Tel n'est point ce Pichald qui d'un élan rapide
De la cime du Pinde a gravi la hauteur.
En vain des froids ciseaux le tranchant redoutable
A tenté mille fois de le mettre en lambeaux ;
En vain du noir censeur la main inexorable
A voulu mutiler les traits de ses héros ;
Tout Paris les connaît ces vers remplis de flamme
   Dont il peignit ses généreux soldats ;
Ces vers où l'on croit voir respirer la grande ame
   Et de *Turnus* et de *Léonidas*.
Honneur à toi, Pichald, honneur à ton génie ,
Du Dieu qui t'inspira tu mérites l'appui ;
Lutter contre une injuste et lâche tyrannie
   C'est se montrer digne de lui (2).


N'a-t-il pas comme toi dédaigné la censure
Ce poëte guerrier, si fier dans ses écrits ?
Vers le temple sacré sa marche est ferme et sûre ;
   Tu le connais, c'est l'auteur de *Clovis*.
Ces vices, ces travers dont son pays abonde ,
   Il les poursuit d'un fouet vengeur ,
Et le vers échappé de sa plume féconde
   Est l'expression de son cœur.


Tantôt souple et badin , tantôt grave et sévère,
Il fixe sur l'airain ses comiques portraits ;

Qu'il corrige eu riaut, ou châtie en colère,
Il frappe, frappe encor, mais n'offense jamais.


L'as-tu vu dans ces lieux où l'homme n'est que cendre,
Où les noms, les honneurs, les rangs sont confondus,
L'as-tu vu de son luth harmonieux et tendre
Tirer de doux accords pour chanter les vertus ?
Eh ! qui mieux que VIENNET peut célébrer la gloire ?
Dans le temple de Mars j'ai déjà lu son nom,
Et fidèle dix ans au char de la victoire,
Il l'est depuis dix ans à l'autel d'Apollon.


Cependant vers le Pinde une jeunesse ardente
Accourt à pas pressés, s'élance avec efforts :
On se heurte, on se pousse ; et, sur les bords du Xante
N'éclatèrent jamais de si bruyans transports,
Lorsque les deux Ajax pleins du dieu des batailles
Jusqu'aux murs de Priam répandaient la terreur,
Ou bien lorsqu'entouré de nobles funérailles,
Achille au sein d'Hector plongeait un fer vengeur.


Tous du temple sacré veulent forcer la porte :
Leurs titres, leurs succès voltigent dans les airs ;
Mais Apollon du doigt maîtrise leur cohorte,
Et fait taire à l'instant ces sauvages concerts.


Il s'adresse d'abord à deux jeunes poëtes :
« Venez, frères rivaux, venez, tendres amis,
» Leur a-t-il dit : déjà vos couronnes sont prêtes,
» Venez, à mes côtés vous devez être assis. »
Aussitôt dans le sein du sacré sanctuaire
Il place à ses côtés AUGUSTE et VICTORIN (3).

Joyeux de le trouver, il tend sa main prospère
Au poëte modeste, auteur de *Conradin* (4).
Au milieu de la foule importune et mutine,
Il reconnaît encore un de ses favoris :
Viens, dit-il à BONJOUR, ta charmante *Cousine*
Te vaut le siége heureux que je t'avais promis.

Ainsi, plein de bonté, le dieu de l'harmonie
Couronnait BELMONTET, ROCH, LATOUCHE et BRIFFAUT,
Félicitait DESCHAMPS de sa plume hardie,
Et joignait une palme aux lauriers de DIDOT.

Mais, heurtant ses rivaux, un jeune téméraire
Vers le temple assiégé précipite ses pas :
Il demande à grands cris la clé du sanctuaire :
    Apollon ne le comprend pas.
Tous s'arrètent. Ainsi, loin de leurs triples portes,
Quand les Troyens, des Grecs embrasaient les vaisseaux,
La voix du noble Achille arrête leurs cohortes,
Et fait pàlir d'effroi le front de vingt héros.

    Apprends-moi donc, HUGO, quel infernal génie
Te contraint à briguer de si tristes succès ?
Nous sommes étrangers à ta sombre harmonie :
    A Paris on parle français.
Ah! que si tu voulais, docile à la critique,
Dépouiller ton beau vers de son voile imposteur ;
Si tu pouvais, fuyant ce fatras romantique,
Laisser aux esprits faux leur langage trompeur;
Du dieu du goût alors noble et digne interprète,
Des Rousseau, des Lebrun émule glorieux,
Tu ceindrais sur ton front le laurier du poëte,
Et ta gloire peut-être éblouirait nos yeux.

Je ne sais ; quand je lis ces pages éloquentes
Où tu peins de nos rois les fermes défenseurs ;
Quand je médite en paix ces strophes dévorantes
Qui savent pénétrer jusqu'au fond de nos cœurs ,
Je me dis : Le voilà le rival de Pindare ,
Le voilà retrouvé ce langage des dieux.
Si par fois dans son vol le poëte s'égare ,
Il s'égare en effet, mais sans quitter les cieux.
Je poursuis , et bientôt un bruit se fait entendre ,
Un bruit vague , incertain, *vaporeux* et diffus ;
J'appelle ma raison , je cherche à te comprendre :
Je ne saisis , hélas ! que quelques sons confus.
Des ames dans le deuil , des soupirs , des nuages ,
Des mots saints et sacrés répandus à grands flots ,
Des grêles , des éclairs , trente points , des orages :
C'est un dédale obscur , un abîme, un chaos ;
Je m'y perds ; mais pourtant si c'était le génie ,
Si ces mots au hasard formaient seuls le talent !
Non , je ne le crois pas ; *c'est votre léthargie ;*
Ce qu'il faut deviner n'est jamais éloquent.

Il entre toutefois protégé par sa muse,
En promettant au dieu de plus nobles accens ;
Apollon qui sourit accepte son excuse ,
 Mais ne croit pas à ses nouveaux sermens.

Cependant les rivaux qu'il laissait en arrière
S'élancent sur ses pas , jaloux de son bonheur ;
Tous briguent un regard du dieu de la lumière :
 A quelques-uns le dieu fait cet honneur.

Ici, fier d'un succès, modeste et plein de zèle ,

Riche d'un beau laurier, est l'auteur d'*Attila* (5) ;
  A ses côtés, dédaignant un modèle,
  Plus jeune encore est l'auteur d'*Eloa* (6).
Fils d'Apollon, pourquoi, plein du dieu qui t'anime ,
Sur de pareils sujets exercer tes pinceaux ?
    Sois clair, et tu seras sublime ,
Et tes vainqueurs alors deviendront tes égaux.
Pour gravir l'Hélicon tu prends la route oblique ,
Ton vers mystérieux n'arrive point au cœur :
Crois-en le goût, ALFRED, ce langage mystique ,
Loin de l'intéresser refroidit ton lecteur.
Lorsque, d'un trait rapide, au séjour du tonnerre
Tu vas chercher l'oiseau du souverain des dieux ,
Son domaine est à toi, tu lui laisses la terre ,
Et tandis qu'il descend tu montes vers les cieux.


THÉAULON , laisse-là ce pénible étalage ;
    Il est méconnu d'Apollon.
Tu n'atteindras jamais avec ce lourd bagage
    Qu'au froid marais de l'Hélicon.
Eh quoi ! lorsque ta plume élégante et facile
    Peut nous tracer de comiques portraits ,
Toi, poëte sans nôm, rimeur de vaudeville ,
Tu viens nous endormir de tes tristes couplets.
    Comment ! celui qui sait chanter croasse !
Il se traîne celui qui peut gravir les cieux !
Ose , ose mesurer la cime du Parnasse ,
Toi qui nous peints si bien l'*Artiste ambitieux.*
Long-temps vingt rimailleurs t'ont pris pour leur génie ;
    Quitte leurs bataillons et viens ;
Nous sommes fatigués de leur triste harmonie :
Tu tombes avec eux quand seul tu te soutiens.

Quoi ! tu crains, me dis-tu, les traits de la censure !
Mais tu briguas, je crois, la place de censeur !
Pourquoi ne l'es-tu pas ? ton ame franche et pure
Te dirait quelquefois, ami, tu fus auteur.
Non, tu ne ferais point d'une muse légère
Une Alecto jouant avec un noir venin,
Et nous te verrions tous, plus juste que sévère,
Tendre au jeune poëte une indulgente main.

Entendons-nous, censeurs ; le burin de l'histoire
Nous a transmis les noms de conquérans divers,
Et parce que ma plume a célébré leur gloire,
J'aurai de mes brandons embrasé l'univers !
Si je dis les forfaits des Néron, des Tibère,
Si je livre aux enfers ces monstres odieux,
Aurai-je empoisonné mes amis et ma mère ?
Aurai-je profané les autels de mes dieux ?
Et vous, si dans l'essor d'une muse féconde,
Vous peignez Antonin, Marc-Aurèle ou Titus,
Serez-vous pour cela les délices du monde,
Et devra-t-on partout proclamer vos vertus ?....

Eh ! Messieurs, laissez-nous, enfileurs de dactyles.
Par quelques vers malins égayer nos loisirs ;
Laissez-nous signaler les travers de nos villes,
Et de nos villageois les innocens plaisirs.
Permettez-nous encor d'un sourire caustique
    D'accompagner les pédans, les cagots ;
Est-ce à vous d'arrêter une sage critique ?
    La vérité ne blesse que les sots.
Vous aurait-on écrit que la fière Thalie

Eût quitté son burin pour s'armer de poignards ;
Ou bien auriez-vous su que la noble Uranie
Eût déjà fait combattre Orion contre Mars ?
Croyez-moi, la paix règne au sommet du Parnasse :
Personne n'y mûrit de sinistres projets.
Là, point d'ambition, point de coupable audace,
Et les fils d'Apollon ne conspirent jamais.


J'avais presque achevé ma course un peu hardie.
Quelques noms effacés frappaient encor mes yeux,
    Lorsqu'une douce et suave harmonie
        Descendit lentement des cieux.
J'écoutais : tout-à-coup deux nymphes jeunes, belles
Passent auprès de moi comme un souffle léger.
Heureux de trouver là deux doctes immortelles,
Je savourai l'espoir de m'en voir protéger.


La première, aux accords d'une *Lyre* savante (7),
Sur le ton de Pindare interrogeait les cieux :
Joyeuse, elle touchait de sa main éloquente
Une amaranthe d'or, un lys audacieux.
Ces deux fleurs, dans les jeux inventés par Isaure,
Malgré trente rivaux elle sut les cueillir ;
Modeste, elle voulait les leur cacher encore,
Craignant que son bonheur ne les fît trop rougir.
Va, tu peux hardiment avouer ta victoire ;
Lève, lève, crois-moi, ce regard abattu :
Tes rivaux !.... Ce nom seul est leur titre de gloire,
Amable, et leur orgueil est d'avoir combattu.


    A ses côtés, Delphine était placée :
A ses cheveux flottans se mêlaient quelques fleurs.

Je ne sais quel objet occupait sa pensée,
Mais de ses yeux divins je vis tomber des pleurs ;
Ses lèvres murmuraient le nom de Barcelone.
A ce nom redouté je connus son effroi :
Vois, vois du haut des cieux descendre une couronne,
     Delphine , elle est à toi.

Jeune comme l'amour , belle comme sa mère ,
Par de tristes tableaux pourquoi briser ton cœur?
Pourquoi, puisque le ciel à tes vœux est prospère ,
Sur ton front virginal appeler la douleur ?
Je t'entends et je sais apprécier tes larmes :
Ton cœur dans ces chagrins trouve un secret plaisir ;
Loin de les éviter tu cherches les alarmes :
Chanter les malheureux n'est-ce pas les chérir ?

Cependant aux accords des deux lyres modestes ,
Les poëtes en foule ont quitté le vallon :
Ils écoutent, muets, ces cantiques célestes ,
Et leur regard surpris interroge Apollon.
« Vous vous trompez, leur dit le dieu de l'harmonie ;
» On peut être abusé par ces sons enchanteurs ,
» Les Muses dans le ciel savourent l'ambroisie ,
» Et je viens à l'instant de compter les neuf sœurs. »

Mais leur temple est paré de guirlandes nouvelles ;
    A leur banquet les dieux sont convoqués :
Venez-y , joignez-vous aux doctes immortelles ,
Puisque vos noms aussi doivent être invoqués.

# NOTES.

(1) Alexandre Guiraud a composé un recueil de poésies élégiaques où l'on trouve quelquefois, à travers des tournures romantiques et des expressions hasardées, le talent qui distingue l'auteur des Machabées. Fidèle au drapeau qu'il a arboré, vous verrez qu'il n'osera pas l'abandonner. Pourquoi ces combats ridicules de l'amour-propre contre la raison ?

(2) Pichald a déjà eu en répétition aux Français la belle tragédie de Turnus. Aujourd'hui la censure lui a rendu Léonidas qui va être bien tôt joué. Il n'est pas téméraire de lui prédire un succès éclatant.

(3) Certes, si deux poëtes honorent la jeune littérature, ce sont Au guste et Victorin Fabre. Le dernier poëme d'Auguste renferme une foule de beautés du premier ordre. Je regrette maintenant de ne pas lui avoir consacré quelques vers.

(4) M. Liadières, ancien élève de l'École Polytechnique.

(5) M. Bis dont Melpomène attend avec impatience de nouvelles productions.

(6) Alfred de Vigny, transfuge de la bonne école pour le romantisme.

(7) Nous regrettons qu'une santé chancelante ait empêché jusqu'ici madameAmable Tastu de publier le recueil de ses poésies. Dans un siècle où on ne lit guère, dit-on, les vers, je suis persuadé que les OEuvres de cette jeune dame ne manqueraient pas d'obtenir un brillant succès; quatre fois couronnée à l'Académie des Jeux Floraux , madame Amable Tastu peut compter sur les suffrages du public.

BIBLIOTHÈQUE ROYALE

www.ingramcontent.com/pod-product-compliance
Ingram Content Group UK Ltd.
Pitfield, Milton Keynes, MK11 3LW, UK
UKHW021642130726
13696UKWH00005B/2366